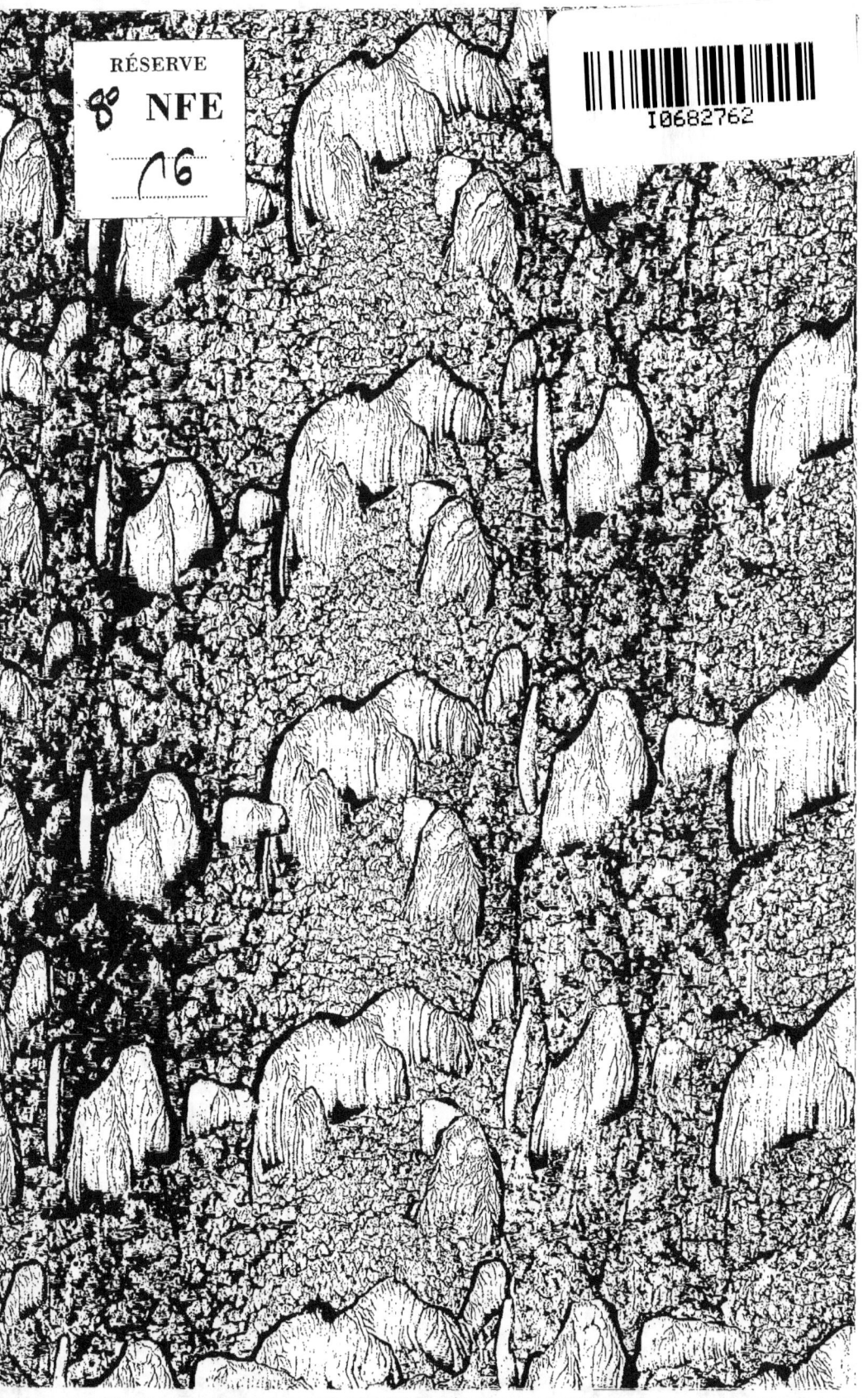

# STATUTS

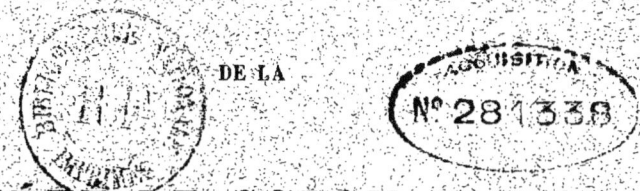

DE LA

# SOCIÉTÉ DE COLONISATION

## EUROPÉO-AMÉRICAINE

AU

# TEXAS.

BRUXELLES,

Au siége de la Société de Colonisation,

**16, RUE DE LA RÉGENCE.**

PARIS,

À la Librairie Phalanstérienne,

**6, RUE DE BEAUNE.**

MDCCCLV

# TABLEAU DE CONVERSION des FRANCS en DOLLARS et en TITRES D'ACTIONS.

## PROGRESSION PAR 5 DOLLARS.

| Francs | Dollars | Nombre des Titres de | | | Francs | Dollars | Nombre des Titres de | | |
|---|---|---|---|---|---|---|---|---|---|
| | | 5ᵈ | 25ᵈ | 125ᵈ | | | 5ᵈ | 25ᵈ | 125ᵈ |
| 27 | 5 | 1 | » | » | 567 | 105 | 1 | 4 | » |
| 54 | 10 | 2 | » | » | 594 | 110 | 2 | 4 | » |
| 81 | 15 | 3 | » | » | 621 | 115 | 3 | 4 | » |
| 108 | 20 | 4 | » | » | 648 | 120 | 4 | 4 | » |
| 135 | 25 | » | 1 | » | 675 | 125 | » | » | 1 |
| 162 | 30 | 1 | 1 | » | 702 | 130 | 1 | » | 1 |
| 189 | 35 | 2 | 1 | » | 729 | 135 | 2 | » | 1 |
| 216 | 40 | 3 | 1 | » | 756 | 140 | 3 | » | 1 |
| 243 | 45 | 4 | 1 | » | 783 | 145 | 4 | » | 1 |
| 270 | 50 | » | 2 | » | 810 | 150 | » | 1 | 1 |
| 297 | 55 | 1 | 2 | » | 837 | 155 | 1 | 1 | 1 |
| 324 | 60 | 2 | 2 | » | 864 | 160 | 2 | 1 | 1 |
| 351 | 65 | 3 | 2 | » | 891 | 165 | 3 | 1 | 1 |
| 378 | 70 | 4 | 2 | » | 918 | 170 | 4 | 1 | 1 |
| 405 | 75 | » | 3 | » | 945 | 175 | » | 2 | 1 |
| 432 | 80 | 1 | 3 | » | 972 | 180 | 1 | 2 | 1 |
| 459 | 85 | 2 | 3 | » | 999 | 185 | 2 | 2 | 1 |
| 486 | 90 | 3 | 3 | » | 1 026 | 190 | 3 | 2 | 1 |
| 513 | 95 | 4 | 3 | » | 1 053 | 195 | 4 | 2 | 1 |
| 540 | 100 | » | 4 | » | 1 080 | 200 | » | 3 | 1 |

## PROGRESSION PAR 25 DOLLARS.

| Francs | Dollars | Nbre des Titres de | | Francs | Dollars | | |
|---|---|---|---|---|---|---|---|
| | | 25ᵈ | 125ᵈ | | | 25ᵈ | 125ᵈ |
| 1 215 | 225 | 4 | 1 | 2 025 | 375 | » | 3 |
| 1 350 | 250 | » | 2 | 2 160 | 400 | 1 | 3 |
| 1 485 | 275 | 1 | 2 | 2 295 | 425 | 2 | 3 |
| 1 620 | 300 | 2 | 2 | 2 430 | 450 | 3 | 3 |
| 1 755 | 325 | 3 | 2 | 2 565 | 475 | 4 | 3 |
| 1 890 | 350 | 4 | 2 | 2 700 | 500 | » | 4 |

## PROGR. PAR 125 D. — PROGR. PAR 250 D. — PROGR. PAR 500 D.

| Francs | Dollars | Nbre des Titres de 125ᵈ | Francs | Dollars | Nbre des Titres de 125ᵈ | Francs | Dollars | Nbre des Titres de 125ᵈ |
|---|---|---|---|---|---|---|---|---|
| 3 375 | 625 | 5 | 8 100 | 1 500 | 12 | 16 200 | 3 000 | 24 |
| 4 050 | 750 | 6 | 9 450 | 1 750 | 14 | 18 900 | 3 500 | 28 |
| 4 725 | 875 | 7 | 10 800 | 2 000 | 16 | 21 600 | 4 000 | 32 |
| 5 400 | 1 000 | 8 | 12 150 | 2 250 | 18 | 24 300 | 4 500 | 36 |
| 6 075 | 1 125 | 9 | 13 500 | 2 500 | 20 | 27 000 | 5 000 | 40 |
| 6 750 | 1 250 | 10 | 14 850 | 2 750 | 22 | 29 700 | 5 500 | 44 |

## PROGRESSION PAR 1000 D. — PROGRESSION PAR 2000 D.

| Francs | Dollars | Nbre des Titres de 125ᵈ | Francs | Dollars | Nbre des titres de 125ᵈ |
|---|---|---|---|---|---|
| 32 400 | 6 000 | 48 | 64 800 | 12 000 | 96 |
| 38 800 | 7 000 | 56 | 75 600 | 14 000 | 112 |
| 43 200 | 8 000 | 64 | 86 400 | 16 000 | 128 |
| 48 600 | 9 000 | 72 | 97 200 | 18 000 | 144 |
| 54 000 | 10 000 | 80 | 108 000 | 20 000 | 160 |

# STATUTS

## SOCIÉTÉ DE COLONISATION

### EUROPÉO-AMÉRICAINE

AU

# TEXAS.

———

Les soussignés :

1º. M. Victor Prosper CONSIDERANT, demeurant actuellement commune de St.-Josse-ten-Noode, lez-Bruxelles, rue de la Machine Hydraulique, nº 32, — agissant comme Fondateur de la Société réglée par les Statuts ci-dessous, d'une part ;

Et 2º MM. Allyre BUREAU, demeurant actuellement à Paris, rue du Bac, nº 36 ;

Charles François Ferdinand GUILLON, demeurant à Paris, rue Bourbon-Villeneuve, nº 23 ;

Et Jean-Baptiste André GODIN-LEMAIRE, demeurant à Guise (Aisne) ;

Tous trois agissant comme formant ensemble la Gérance de ladite Société, d'autre part ;

Ont arrêté de la manière suivante, les clauses et conditions de la Société convenue entre eux.

# TITRE I.

### Nature et objet de la Société; sa dénomination, sa raison, sa durée, son siége.

ARTICLE 1er. Entre les sus-nommés et toutes les personnes qui adhèreront aux présents Statuts, comme propriétaires d'Actions, ou comme prenant part aux *plus-values-dividendes* dont il sera parlé plus loin, il est formé une Société en commandite par Actions sous le nom de *Société de Colonisation européo-américaine au Texas.*

MM. Allyre Bureau, Ferdinand Guillon, et Godin-Lemaire sont les gérants responsables et solidaires de la Société. Tous les autres associés sont simples commanditaires, et, comme tels, ne sont engagés et passibles des dettes de la Société que jusqu'à concurrence de leur souscription.

La raison sociale est BUREAU, GUILLON, GODIN et Ce.

ART. 2. La Société a pour but de réunir les moyens nécessaires à la réalisation du plan de Colonisation proposé et décrit dans le livre de M. Victor Considerant, intitulé *Au Texas,* publié à Paris, en mai 1854, par la Librairie Sociétaire.

En conséquence la Société se constitue comme Agence de Colonisation.

Elle a, en Amérique, sur le terrain de ses opérations, une *Agence exécutive* dont il est parlé au titre XIV.

Elle a à Paris une Agence centrale.

Elle établit, sur tous les points où elle le juge convenable, des agences particulières destinées à la seconder dans ses opérations et à organiser et diriger l'immigration.

Elle entreprend le transport des colons avec lesquels elle aura traité pour cet objet.

Elle se rend, en vue de la revente, mais sans s'interdire des locations temporaires, acquéreur d'immeubles par voie de concessions ou d'achats, les dits immeubles pouvant être situés dans toutes les parties du Texas et même en dehors de cet État.

Elle fait, soit sur ses terres et en vue de la revente, soit pour le compte des colons, sur des terres qui appartiendraient à ceux-ci, et à titre d'entreprise, les travaux, préparations, constructions, défrichements et opérations agricoles, usines, établissements industriels, etc., propres à faciliter le peuplement et la colonisation.

Pour la même fin, et toujours en vue de la revente, elle fait des approvisionnements de denrées, des achats de bestiaux, instruments de travail, etc.

Elle peut également faire l'achat et la vente, pour compte de tiers, et moyennant commission, de terres ou de produits indigènes ou exotiques, mais sans avances de sa part.

ART. 3. La Colonisation devant se développer librement, par la puissance même des activités individuelles ou collectives qui viendront y concourir, la présente Société ne saurait se proposer de placer ces activités sous la dépendance d'une direction plus ou moins imposée.

En conséquence elle s'interdit toute exploitation, à titre permanent, pour son propre compte, des terres acquises par elle ou de toute autre branche d'industrie ou de commerce.

Mais elle peut s'intéresser, comme commanditaire, ou comme prêteur, dans les établissements individuels ou collectifs, agricoles, industriels, financiers, commerciaux, d'éducation, et généralement dans tous travaux ou entreprises formés ou à former en vue du développement et de la prospérité de la Colonisation.

ART. 4. Il sera publié par la Gérance, toutes les fois qu'elle le jugera utile, et au moins quatre fois par an, un Bulletin destiné à rendre compte de ses opérations et à donner tous avis et renseignements pouvant intéresser les actionnaires et les personnes qui seraient disposées à concourir à la Colonisation.

ART. 5. L'Assemblée générale des actionnaires pourra ultérieurement, sur le rapport de la Gérance, convertir la présente Société en Société anonyme ou se rapprochant de la forme anonyme.

ART. 6. La durée de la Société sera de vingt-un exercices, qui finiront le 31 décembre 1875.

Chaque exercice est d'une année et commence le 1er janvier.

Toutefois, le premier exercice, qui finira au 31 décembre 1855, commencera le jour de la constitution de la Société.

Chaque exercice se divise, pour les besoins de divers services, en deux *semestres administratifs.*

La première partie du premier exercice qui commencera le jour de la constitution de la Société et finira le 30 juin 1855, comptera pour un semestre.

ART. 7. La Société a son siége primitif à Bruxelles, rue *de la Régence*, n° 16. La Gérance peut, après avoir consulté l'Assemblée générale, le transporter, soit dans toute autre ville d'Europe, soit aux États-Unis.

Néanmoins, le siége social ne pourra être changé sans le consentement formel du Fondateur ou de ses héritiers.

# TITRE II.

### Capital social; Actions à dividendes, Actions à prime; émissions, versements; intérèts et autres droits financiers.

ART. 8. Le capital social est fixé à *un million de dollars*, monnaie des États-Unis, soit *cinq millions quatre cent mille francs*.

ART. 9. La souscription pourra toujours rester ouverte. Mais l'émission des Actions pourra être arrêtée par une résolution de la Gérance.

Les versements seront faits au siége de la Société et sur tous les points où la Société aura des agents accrédités pour les recevoir.

ART. 10. Le fonds social est représenté par des Actions aux trois valeurs ci-après :

Cinq dollars, soit 27 francs ;

Vingt-cinq dollars, soit 135 francs ;

Cent vingt-cinq dollars, soit 675 francs.

Le nombre d'Actions de chaque valeur sera subordonné aux demandes et convenances des preneurs, qui devront ajouter au prix de l'action le coût du timbre légal (1).

ART. 11. Les Actions sont *au porteur*.

Elles sont extraites de registres à souche, revêtues de la signature sociale et frappées du timbre sec de la Société.

Il y a deux souches pour chaque valeur nominale : l'une en Europe, l'autre en Amérique.

Les Actions peuvent, sur la demande du porteur, être inscrites *en nom*, moyennant dépôt préalable du titre au porteur, en échange duquel la Gérance délivre à l'actionnaire un *certificat d'inscription* en nom, portant la désignation et le montant des Actions dé-

---

(1) Le coût du timbre est, en Belgique, de 50 centimes pour les Actions de 500 fr. et au-dessous, et de 1 fr. pour celles de 500 fr. à 1,000 fr.

posées avec le numéro du compte ouvert à l'actionnaire inscrit.

Le certificat d'inscription peut toujours être échangé contre l'Action ou les Actions primitives au porteur.

La transmission des Actions au porteur se fait par simple tradition.

La transmission des certificats d'inscription s'opère par de simples transferts signés de l'actionnaire et d'un des gérants sur un registre spécial.

S'il n'y a pas d'opposition signifiée, le transfert est valable, moyennant la déclaration du cédant signée sur ledit registre, soit par lui, soit par son fondé de pouvoir muni d'un acte authentique ou accepté comme suffisant par la Gérance.

En cas de perte du certificat d'inscription en nom, il en sera délivré un *duplicata* sur la demande écrite de l'actionnaire.

Annotation du duplicata sera faite au registre spécial.

ART. 12. Les paiements de toute nature ci-après stipulés, afférents à un titre *en nom*, seront faits sur la présentation du certificat d'inscription.

Pour les Actions *au porteur*, les paiements des intérêts seront faits sur la présentation des coupons d'intérêts, et la délivrance des *dividendes de plus-value*, sur la présentation des coupons de dividende. Tous les autres paiements auront lieu sur la présentation du titre.

Tous ces paiements sont effectués au lieu où repose la souche d'où provient le titre.

Cependant les propriétaires d'Actions au porteur ainsi que les actionnaires inscrits obtiendront le transfert du paiement d'un lieu dans un autre, en accomplissant les formalités réglées par la Gérance.

ART. 13. L'unité monétaire de la Société étant le dollar américain, quand le paiement des sommes dues aux titres émanés d'elle est réclamé en toute autre monnaie, elle l'effectue au taux moyen du change calculé, au lieu du paiement, sur les quinze jours écoulés avant celui de l'exigibilité.

ART. 14. Les fonds versés pour prise d'Actions portent intérêt à dater du jour du versement.

Toutes les sommes dues — aux Actions pour intérêts, amortissement, prime, remboursement, — et en général pour tout paiement de parts quelconques dans l'avoir social, sont prescrites par cinq ans à compter du jour où l'exigibilité en aura été déclarée en Assemblée générale. Cette déclaration sera publiée dans le plus prochain Bulletin de la Société. — La même prescription de cinq ans s'applique à la délivrance de tous les titres créés par la Société.

ART. 15. La propriété de chaque Action est indivisible à l'égard de la Société. En conséquence, les ayant-droits, pour quelque cause que ce soit, à la propriété d'une Action, seront tenus vis-à-vis de la Société de se faire représenter par un fondé de pouvoir.

Les héritiers ou représentants d'un actionnaire ne peuvent pour aucun motif faire apposer aucuns scellés, former aucune opposition, exiger aucun inventaire, ni provoquer aucune licitation.

ART. 16. Tout possesseur d'Action est pour ce seul fait réputé avoir adhéré aux présents Statuts, et tenu à l'exécution de toutes les conditions qu'ils renferment.

ART. 17. Les Actions sont de deux ordres : *Actions à dividendes*, et *Actions à prime*.

PREMIÈRE SECTION. — ACTIONS A DIVIDENDES.

ART. 18. Les *Actions à dividendes*, ou actions proprement dites, participent seules aux chances aléatoires de la Société.

Elles sont divisées par séries.

Le numérotage en sera arrêté sur la dernière souche lors de la clôture de chaque série.

ART. 19. La souscription à la *première série* est ouverte jusqu'au 31 décembre 1854. — La Gérance pourra la prolonger jusqu'au 31 mars 1855, sauf à faire précompter, par l'actionnaire qui paiera dans cet intervalle, l'intérêt couru du 1er janvier 1855 au jour du versement. — La première série, lors même que son émission aurait été ainsi prolongée, n'en serait pas moins considérée comme émise toute entière antérieurement au premier semestre de 1855.

La *deuxième série* comprend les Actions émises à partir de la clôture de la première série jusqu'au 30 juin 1855.

La *troisième série* comprend les Actions émises pendant le deuxième semestre de 1855. — Et chaque semestre suivant produit une série nouvelle.

ART. 20. Les *Actions à dividendes* produisent intérêts à *quatre pour cent* l'an, payables le premier janvier de chaque année.

Elles donnent droit, chacune suivant sa valeur nominale dans la série à laquelle elle appartient, aux parts de plus-value-dividende attribuées à cette série, ainsi qu'il est dit au titre VII.

Elles sont intégralement remboursées avant que puisse être commencé le paiement des plus-values-dividendes, sauf l'exception prévue au 3e paragraphe de l'art. 48.

ART. 21. Chaque Action porte des *coupons d'intérêts* destinés à être détachés et rendus à la Société contre paiement des dits intérêts.

Il sera tenu compte à l'actionnaire, lors de la délivrance de l'Action, des intérêts à partir du versement jusqu'au premier jour de l'exercice suivant.

Chaque Action porte en outre des *coupons de dividende* destinés à être détachés et rendus à la Société contre la délivrance des *dividendes de plus-value*.

ART. 22. Les *Actions à dividendes* sont payables au comptant, et l'actionnaire reçoit immédiatement son ou ses titres libérés.

ART. 23. Néanmoins, pour la *première série*, la Gérance pourra accepter, en règlement des souscriptions, des billets échéant au plus tard le 31 décembre 1856.

Ces billets comptent, pour leur montant, dans le capital de la *première série*.

En échange de ces billets, la Gérance donnera des *Récépissés* qui auront les mêmes droits que les Actions libérées de la première série, sauf qu'ils ne produiront pas d'intérêts et que, jusqu'à l'ouverture du semestre qui suivra le paiement des dits billets, ils ne viendront que pour moitié des sommes qu'ils représentent au partage des plus-values-dividendes attribuées à la première série. — Ces billets ne devant pas être mis en circulation, le souscripteur pourra toujours en anticiper le paiement, et obtenir ainsi des Actions libérées.

Au moment de la libération, l'actionnaire recevra, outre son titre d'Action, les *dividendes de plus-value* qui auraient déjà été attribués à la dite Action en conséquence des stipulations du paragraphe précédent.

En cas de non-paiement d'un billet à échéance, la Gérance peut déclarer le souscripteur déchu de tous les droits que le paiement de ce billet lui eût assurés ; et en cas de paiement sur poursuites, ce paiement ne donne droit qu'à des titres d'action de la série en cours d'émission.

Les parts de *plus-value* qui, après avoir été portées au crédit des *Récépissés*, cesseraient d'appartenir au souscripteur faute de paiement de ses billets, feront retour aux parties prenantes qui y auraient eu droit si ces billets n'avaient pas existé.

ART. 24. Les droits des *Actions à dividendes* dans les plus-values, les modes et l'ordre de leur remboursement, etc. sont réglés aux titres VII et VIII.

### Deuxième Section. — Actions a prime.

ART. 25. Une partie du capital social pourra être émise en *Actions à prime.*

Toutefois le capital émis en *Actions à prime* ne pourra dépasser la moitié du capital émis en *Actions à dividendes.*

ART. 26. Les *Actions à prime* sont payables au comptant.

Elles ne participent pas aux chances aléatoires des *Actions à dividendes.*

Elles produisent intérêts à *six pour cent* l'an, payables le 1er janvier et le 1er juillet de chaque année, et par préciput sur les *Actions à dividendes.*

Elles ne sont amorties qu'en touchant, en sus de leur capital, une prime de *vingt pour cent.*

ART. 27. Chaque Action porte des *coupons d'intérêts* destinés à être détachés et rendus à la Société contre paiement des dits intérêts.

Il sera tenu compte à l'actionnaire, lors de la délivrance de l'Action, des intérêts à compter du versement jusqu'au premier jour du semestre suivant.

ART. 28. Pendant toute la durée de l'émission du capital social, les *Actions à prime* peuvent se convertir en *Actions à dividendes* de même valeur nominale. En ce cas, elles prennent rang dans la série en cours d'émission pour y jouir de tous les droits et facultés des *Actions à dividendes*, y compris la faculté de remboursement anticipé, telle qu'elle est exposée à l'art. 48.

Elles conservent cette faculté de conversion six mois encore après que la clôture de l'émission a été prononcée par l'Assemblée générale, et publiée dans un Bulletin de la Société; en ce cas, elles prennent rang dans la dernière série émise.

ART. 29. Lorsque les produits liquides ont couvert le compte d'intérêts, le reste, sauf prélèvement des sommes attribuées aux fonds de réserve et de roulement, est consacré à l'amortissement des *Actions à prime*, et cet amortissement doit être intégralement terminé avant que puisse être commencé le remboursement des *Actions à dividendes*, sauf les cas prévus art. 48.

ART. 30. Les titres à amortir sont désignés en Assemblée générale, par voie de tirage au sort.

Dès qu'un titre a été désigné par le sort pour être amorti, il ne peut plus se convertir en *Actions à dividendes*.

La Gérance fait connaître, au moment du tirage, la date précise à partir de laquelle, le paiement des titres désignés par le sort étant exigible, ces titres cessent de produire aucun intérêt.

Les titres amortis sont rendus à la Société et annulés.

Les coupons d'intérêts appartenant à des époques ultérieures à l'amortissement, qui en auraient été détachés et qui ne seraient pas représentés, seront décomptés sur le capital.

## TITRE III.
### Constitution de la Société.

ART. 31. La Société sera déclarée constituée aussitôt que la souscription, tant des *Actions à prime* que des *Actions à dividendes* s'élevera à *cent mille dollars*, soit *cinq cent quarante mille francs*.

Dès que cette somme est atteinte, la Gérance fait la déclaration de constitution de la Société, et en donne avis à chaque souscripteur avec invitation d'effectuer le versement ou le réglement de sa souscription. — Elle le convoque en même temps pour une première Assemblée générale qui devra avoir lieu dans les trois mois à partir du jour de la déclaration de constitution, et dont il est parlé art. 76.

## TITRE IV.
### Augmentation du Capital social.

ART. 32. L'Assemblée générale pourra, sur le rapport de la Gérance, décider une augmentation ultérieure du Capital social et déterminer les conditions d'émission des nouvelles actions.

# TITRE V.

## Des Obligations.

ART. 33. Il pourra être émis, après décision de l'Assemblée générale, prise sur le rapport de la Gérance, des *Obligations*.

Le montant, les conditions d'émission et la forme de ces Obligations seront votés en même temps que leur émission.

# TITRE VI.

## Livres, inventaires, constatation annuelle des produits et des plus-values.

ART. 34. Les écritures de la Société sont tenues en partie double avec tous les comptes spéciaux propres à faciliter les comptes-rendus et les statistiques que la Société devra publier dans son Bulletin, pour éclairer ses actionnaires et les personnes qui seraient disposées à le devenir ou à concourir à la colonisation.

ART. 35. Les écritures sont arrêtées à la fin de chaque année, et il est dressé un inventaire général de l'Actif et du Passif de la Société.

Cet inventaire devra être soumis à l'Assemblée générale des actionnaires dans les huit premiers mois de l'exercice suivant.

Il renferme l'énonciation détaillée de tous les biens meubles et immeubles appartenant à la Société, et de tous les articles de son Passif.

La valeur de chaque article de l'Actif sera établie comme dans une estimation à dire d'expert. Les prix des ventes d'immeubles effectuées dans le courant de l'exercice sur les diverses parties du territoire de la Société et sur les zônes ambiantes, interviendront comme premier élément dans l'évaluation des terres, constructions et usines figurant au dit Actif.

L'Actif comprend :

Les fonds en caisse ;

Les valeurs en portefeuille ;

Les créances de la Société et les titres d'actions ou autres qu'elle aurait dans des établissements extérieurs à elle ;

Les valeurs de tous les articles meubles ou immeubles établies comme il vient d'être dit.

Le Passif comprend :

Le capital non amorti des Obligations, s'il en a été créé, et les intérêts qui leur sont dûs ;

Le capital non amorti des Actions à prime et les intérêts qui leur sont dûs ;

Le montant non payé des primes stipulées en faveur des dites Actions ;

Le capital non remboursé des Actions à dividendes et les intérêts qui leur sont dûs ;

Le montant non payé des plus-values-dividendes réparties dans les exercices antérieurs ;

Tous les autres comptes créanciers.

L'excédant de l'Actif sur le Passif donne le chiffre *estimatif de la plus-value de l'exercice.*

ART. 36. Au vu de l'inventaire ainsi établi, et en considération des divers motifs exposés dans le rapport de la Gérance, sur la situation et les intérêts de la Société, l'Assemblée générale arrête un chiffre qui constitue dès-lors la *plus-value-dividende constatée* de l'exercice.

Toutefois ce chiffre ne pourra dépasser celui dont la fixation lui aura été proposée par la Gérance ; et ce dernier devra lui-même être inférieur au chiffre *estimatif*.

## TITRE VII.
### Répartition des plus-values-dividendes.

PREMIÈRE SECTION. — RÈGLEMENT DES PLUS-VALUES ANNUELLES JUSQU'A LA CLOTURE DE L'ÉMISSION DES ACTIONS A DIVIDENDES ; TITRES DE PLUS-VALUE.

ART 37. Sur le chiffre de la *plus-value-dividende*, constaté comme il vient d'être dit, il est d'abord fait un prélèvement destiné à remplir les engagements que la Gérance ou l'Agence exécutive aurait contractés envers tous employés, agents et travailleurs, et stipulant, en faveur de ceux-ci, pour leurs services pendant l'exercice écoulé, une rétribution ou partie de rétribution aléatoire sous forme de *plus-value-dividende*.

ART. 38. Après ce prélèvement, s'il a lieu, le chiffre restant est considéré comme le *total net* de la plus-value-dividende de l'exercice, et se distribue dans les proportions et entre les parties prenantes ci-après indiquées :

DEUX TIERS sont attribués, conjointement, aux *actions à dividendes* et aux *parts de plus-values* qui auraient été antérieurement produites, quelle que soit l'origine de ces parts, pour être, les dits deux tiers, répartis conformément à la règle suivante :

Le premier tiers, considéré comme s'étant produit pendant le premier semestre de l'exercice, est réparti exclusivement, aux *actions* des séries émises antérieurement à ce semestre et aux *parts de plus-values* acquises à tous les ayant-droits dans tous les exercices antérieurs, chaque action et chaque part comptant, dans cette répartition, pour son chiffre nominal.

Le deuxième tiers, considéré comme s'étant produit dans le second semestre, est réparti entre les mêmes éléments, comptant pour les mêmes chiffres que dans le paragraphe précédent, mais en leur adjoignant, chacune comptant pour son chiffre nominal, les *actions* émises pendant le premier semestre de l'exercice.

De sorte que chaque *action à dividendes* entre en participation des plus-values-dividendes dès le semestre qui suit son émission, tandis que les *parts de plus-values* acquises n'entrent en participation des plus-values-dividendes nouvelles, que d'un exercice à l'exercice suivant, et non du premier semestre au second semestre de chaque exercice.

Le TROISIÈME TIERS est attribué, conjointement, à la Gérance, à l'Agence exécutive et au Fondateur, pour être divisé entre eux comme suit :

A la Gérance, *dix pour cent* du dit tiers (3,33 pour % du *total net*), ci. . . . . . . . . . . . . . . . . . 10.

A l'Agence exécutive, *six pour cent* du dit tiers (2 pour % du *total net*), ci. . . . . . . . . . . . . . . 6.

Au Fondateur, *quatre-vingt-quatre pour cent* du dit tiers (28 pour % du *total net*), ci . . . . . . . . . . 84.

Total du troisième tiers, ci . . . . . . . . . . . . 100.

ART. 39. La distribution de la *plus-value-dividende constatée* de l'exercice étant intégralement établie comme il vient d'être réglé par les art. 37 et 38, toutes les parties prenantes sont créditées des parts respectives qui leur reviennent dans cette distribution.

Les *parts de plus-value*, bien que créant, comme les *actions à dividendes*, des droits aux plus-values ultérieures, ne produisent pas intérêts; elles sont délivrées aux ayant-droits sous forme de *Titres de plus-value*, dans les conditions suivantes :

Dès que la plus-value portée au crédit d'une *Action*, ou d'un *Titre de plus-value* antérieurement créé, atteint un chiffre égal à celui de cette Action ou de ce Titre, il est délivré à cette Action ou à ce Titre un *Titre de plus-value* nouveau.

Lorsque la dite plus-value dépasse le chiffre nominal de l'*Action* ou du *Titre*, l'excédant est porté, moitié au crédit de l'Action ou du Titre producteur, et moitié à celui du Titre nouvellement produit, sans rien perdre, bien entendu, de ses droits aux répartitions ultérieures.

Les *Titres de plus-value* à distribuer directement aux personnes, en conséquence du prélèvement prévu à l'art. 37, ou à la Gérance, à l'Agence exécutive et au Fondateur, seront échangés contre des reçus réguliers.

ART. 40. Les *Titres de plus-value* ainsi délivrés sont *au porteur*, extraits de registres à souche spéciaux, et aux trois valeurs nominales des Actions. Ils sont revêtus de la signature sociale et frappés du timbre de la Société.

Ils peuvent être inscrits *en nom*, comme il a été dit pour les Actions, art. 11.

Ils portent, comme les *Actions à dividendes*, des coupons de dividende destinés à être détachés et rendus à la Société contre la délivrance des *dividendes de plus-value*.

ART. 41. Lorsqu'aura été arrêté par l'Assemblée générale le chiffre de la plus-value-dividende de l'exercice pendant le cours duquel l'émission des *Actions à dividendes* aura été close, la Gérance distribuera aux ayant-droits les derniers titres de toutes les *plus-values-dividendes* acquises; et la création des parts de plus-values *donnant droit dans les plus-values ultérieures* sera close, elle aussi, et ne pourra être rouverte qu'au cas d'augmentation du Capital social, prévu titre IV.

Les fractions de plus-values-dividendes, inférieures à cinq dollars, seront réunies en une somme totale qui sera divisée en Titres de cinq dollars, dont la répartition se fera par la voie du sort, entre les propriétaires de ces fractions, et proportionnellement au droit de chacun d'eux dans le tirage.

DEUXIÈME SECTION. — RÈGLEMENT DES PLUS-VALUES AN-
NUELLES PRODUITES POSTÉRIEUREMENT A LA CLOTURE
DE L'ÉMISSION DES ACTIONS A DIVIDENDES; COMPTE
COMMUN DES PLUS-VALUES DE LA SECONDE
CLASSE, ET BONS DE PLUS-VALUE.

ART. 42. Postérieurement à la double clôture dont il est parlé
art. 41, la plus-value-dividende continuera à être constatée, comme
précédemment, pour chaque exercice, jusqu'à l'entrée en liquidation finale, prévue titre XVIII; mais ces plus-values et les parts
qui en seront faites comme il va être dit, cesseront de produire
aucun droit dans les plus-values des exercices suivants et ne produiront d'ailleurs aucun intérêt. — Elles se distinguent des plus-
values antérieures à la dite clôture par la désignation de *plus-
values de la seconde classe*.

ART. 43. Le prélèvement autorisé par l'art. 37 pourra toujours
être fait sur le chiffre général de la plus-value constatée de l'exercice.

ART. 44. Après ce prélèvement, s'il a lieu, le chiffre restant,
toujours considéré comme le *total net* de la plus-value-dividende de
l'exercice, est divisé en DEUX PORTIONS ÉGALES:

La première moitié est attribuée, conjointement, aux *Actions à
dividendes* et aux *Titres de plus-value*, pour leur valoir proportionnellement à leurs chiffres nominaux respectifs;

L'autre moitié est attribuée, conjointement, à la Gérance, à
l'Agence exécutive et au Fondateur, pour être répartie entre ces
trois éléments selon les proportions indiquées au troisième paragraphe de l'art. 38 (Gérance 10 %; Agence exécutive 6 %;
Fondateur 84 %).

ART. 45. Le chiffre de la susdite première moitié est porté au
crédit des *Actions à dividendes* et des *Titres de plus-value*, dans
un compte dit *Compte commun des plus-values de la seconde
classe*.

Le chiffre de la seconde moitié est représenté par de simples
*Bons de plus-value*, pour être, les dits *Bons*, immédiatement
distribués aux ayant-droits contre leurs reçus réguliers.

ART. 46. A partir de l'entrée en liquidation finale, bien qu'il ne
puisse plus être procédé à la constatation des plus-values-dividen-

des annuelles, toutes les valeurs réalisées jusqu'à épuisement du capital social, n'en sont pas moins des *plus-values de la seconde classe*, dont, en conséquence, la dévolution est régie par l'art. 44.

# TITRE VIII.

**Remboursement des Actions à dividendes ; paiement des Titres de plus-value ; paiement de toutes les plus-values de la seconde classe, et distribution du reliquat de l'Avoir social.**

ART. 47. Lorsque l'amortissement des *Actions à prime* est totalement terminé, les intérêts servis, tout le produit liquide restant après prélèvement des sommes attribuées à la réserve et au roulement, est consacré à rembourser les *Actions à dividendes*, chacune selon son rang dans sa série, et en suivant l'ordre des séries, à moins que l'Assemblée générale, sur la proposition de la Gérance, n'ait adopté un ordre différent.

L'Assemblée générale fixe la somme à rembourser aux *Actions à dividendes*, et la Gérance fait connaître la date précise à partir de laquelle, ce remboursement devenant exigible, les actions à rembourser cessent de produire intérêt.

ART. 48. Tout immigrant ou association d'immigrants, porteurs d'*Actions à dividendes* ou de *certificats d'inscription d'Actions à dividendes*, ont la faculté d'en faire opérer totalement le remboursement anticipé en les appliquant, pour leur valeur nominale, au paiement des biens, meubles ou immeubles, qu'ils acquerraient de la Société.

La Gérance ou l'Agence exécutive peut, dans la mesure qui lui paraît justifiée par l'intérêt de la colonisation, accorder à l'actionnaire l'application du remboursement anticipé de ses actions au paiement, pour tout ou partie, 1o de ses frais de transport et d'immigration ; 2o des constructions, établissements industriels ou autres, défrichements, etc., faits par lui, ou à son compte par la Société, sur des terrains appartenant à celle-ci ou dont le porteur d'Action serait déjà propriétaire ; 3o des matériaux, instruments de travail, meubles, denrées, semences, matières premières, etc., achetés par le porteur d'action ou à son compte par la Société, et employés dans des établissements jugés utiles au but de celle-ci.

La Gérance ou l'Agence exécutive pourra, mais seulement dans une proportion et pour des espaces de temps limités par l'Assemblée générale, appliquer, en acquit des ventes et frais dont il vient d'être parlé, des paiements anticipés de *plus-values-dividendes*.

Art. 49. Le remboursement des *Actions à dividendes*, soit en espèces, soit en nature, sera constaté sur le titre et à sa souche.

Les coupons d'intérêts auxquels le porteur n'a plus droit par le fait de ce remboursement, sont détachés du titre et remis à la Gérance.

Ceux de ces mêmes coupons qui auraient été détachés et qui ne seraient pas représentés seront décomptés sur le capital.

Le titre ainsi modifié est restitué au porteur; il conserve tous les droits stipulés en sa faveur, à la seule exception du droit au remboursement et aux intérêts.

Art. 50. Lorsque le remboursement des *Actions à dividendes* est totalement terminé, tout le produit liquide restant après prélèvement des sommes attribuées à la réserve et au roulement, est appliqué, par voie de tirage au sort, et pour leur valeur nominale, au paiement des *Titres de plus-value* qui n'auraient pas été payés en vertu du 3e paragraphe de l'art. 48.

Le paiement des *Titres de plus-value*, soit en espèces, soit en nature, sera constaté sur le titre et à sa souche.

Le titre ainsi modifié est restitué au porteur; il conserve tous les droits stipulés en sa faveur, à la seule exception du droit au dit paiement.

Art. 51. Lorsque le paiement des *Titres de plus-value* est terminé, tous les produits liquides restant après les mêmes prélèvements qu'à l'article précédent, sont appliqués au paiement du *Compte commun des plus-values de la seconde classe* et des *Bons de plus-value*.

Ces produits sont, à cet effet, divisés en deux parts proportionnelles — l'une au Crédit total actuel du *Compte commun*, — l'autre à la somme totale actuelle des *Bons*, — pour être : la première, distribuée entre les *Actions* et les *Titres de plus-value*, au prorata de leurs valeurs nominales; la seconde, affectée au paiement des *Bons*, par voie de tirage au sort.

Les *Bons* tombés au sort sont intégralement payés et détruits par la Gérance, et le Crédit du *Compte commun* est diminué de toute la somme mise à la disposition des *Actions* et des *Titres de plus-value*.

Art. 52. Lorsque les opérations de la liquidation auront permis de parachever le paiement du *Compte commun* et de la totalité des *Bons* dont il vient d'être parlé, toutes les valeurs réalisées jusqu'à épuisement complet de l'Avoir social, seront distribuées conformément au principe posé art. 46, et ce à mesure que les réalisations le permettront.

## TITRE IX.
### Fonds de réserve.

ART. 53. Quand les produits liquides auront couvert le compte d'intérêts, il sera créé, au moyen d'un prélèvement de *dix pour cent* sur la somme restante, un fonds de réserve destiné à parer aux événements imprévus, sinistres, etc.

Dans les placements que la Gérance pourra faire du fonds de réserve, elle devra avoir surtout en vue la sûreté du placement et la prompte disponibilité du fonds placé.

ART. 54. La distribution du fonds de réserve n'aura lieu que lors de la liquidation finale de la Société, à moins qu'il n'en soit décidé autrement par l'Assemblée générale, mais sur la proposition de la Gérance.

## TITRE X.
### Fonds de roulement.

ART. 55. Dans les mêmes circonstances que précédemment, art. 53, il sera créé, au moyen d'un prélèvement de *dix pour cent* sur les produits liquides, un fonds de roulement principalement destiné à étendre l'application des facultés stipulées au dernier paragraphe de l'art. 3.

L'Assemblée générale pourra augmenter ce fonds de roulement, soit en vue de cette destination, soit pour donner à la Gérance le moyen de développer les autres opérations comprises dans le but de la Société.

## TITRE XI.
### Fonds de secours.

ART. 56. Il sera créé un fonds de secours destiné à venir en aide aux colons pauvres, soit en cas de maladie, soit en cas de rapatriement jugé nécessaire.

Ce fonds pourra aussi être employé par la Société à concourir à des institutions de secours mutuel établies en dehors d'elle sur le territoire de la colonie.

La somme à appliquer au fonds de secours sera déterminée annuellement par l'Assemblée générale. Le fonds de secours recevra les dons et cotisations de toute nature qui seraient offerts à la Société pour cette destination.

## TITRE XII
### Récapitulatif de la distribution des produits liquides des ventes.

ART. 57. Conformément aux dispositions établies ci-dessus, les produits liquides sont distribués dans l'ordre suivant :

1° Paiement des Intérêts des Actions à prime ;

2° Paiement des Intérêts des Actions à dividendes ;

3° Prélèvement de 10 % pour le fonds de réserve, et de 10 % ou de telle autre quotité supérieure votée par l'Assemblée générale, pour le fonds de roulement ;

4° Amortissement des Actions à prime ;

5° Remboursement du capital des Actions à dividendes ;

6° Paiement des Titres de plus-value ;

7° Paiement parallèle et progressif du *Compte commun des plus-values de la seconde classe* et des *Bons de plus-value ;*

8° Distribution, jusqu'à épuisement, du reliquat de l'Avoir social.

ART. 58. Toutes les fois que, après prélèvement des fonds de réserve et de roulement, la Gérance aura un encaisse destiné à l'amortissement des Actions à prime, au remboursement des Actions à dividendes, au paiement des Titres de plus-value, ou au paiement simultané du Compte commun et des Bons de plus-value, elle pourra proposer à l'Assemblée générale d'en autoriser la distribution ; et cette distribution devra avoir lieu toutes les fois que cet encaisse aura atteint le dixième du capital qui resterait, soit à amortir, soit à rembourser, soit à payer.

ART. 59. Toute somme dûment payée par la Société, aux ayant-droits d'une part quelconque dans l'Avoir social, demeure acquise à ceux-ci définitivement, et sans pouvoir être répétée, quelque évènement qu'il survienne.

Au cas où, par suite de sinistres ou d'évènements quelconques, il y aurait lieu, au vu de l'inventaire annuel, à constater une *moins-value* au lieu d'une *plus-value*, le chiffre de cette *moins-value* serait porté au débit, non des seules parts de la plus-value constatée de l'exercice précédent, mais bien, ensemble et proportionnellement, au débit de toutes les parts *restant à payer* de la classe des plus-values à laquelle appartiennent les dites parts de l'exercice précédent. — En l'état, le *total net* de la plus-value constatée de chaque exercice suivant, ne pourrait donner lieu à de nouvelles distributions de parts qu'après avoir intégralement comblé le débit ouvert.

Au cas où le débit dont il vient d'être parlé affecterait la seconde classe des plus-values, quand bien même il pourrait être prévu que la liquidation finale de la Société ne suffirait pas à payer complètement les Bons de plus-values, le tirage au sort et le paiement intégral des Bons désignés par le sort, n'en continueraient pas moins à être le mode de liquidation du compte général des dits Bons.

En conséquence de ce qui est rappelé et statué dans le présent titre *récapitulatif*, et sauf les exceptions mentionnées article 48 :

L'Avoir restant à la liquidation finale forme garantie pour l'ensemble *des plus-values attribuées de la seconde classe*, et ce jusqu'au paiement intégral de ces dernières ;

Celles-ci, à leur tour, forment garantie pour l'ensemble des *Titres de plus-value;*

Et ainsi de suite, de ces *Titres* aux *Actions à dividendes;* de celles-ci aux *Actions à prime*, et, enfin, de ces dernières aux *Obligations*, s'il en a été créé.

## TITRE XIII.
### Gérance, ses fonctions, ses droits.

Art. 60. La Gérance est composée de trois membres ayant chacun la signature sociale.

La signature sociale ne peut être engagée que pour les affaires de la Société, et la Gérance ne peut engager la Société au-delà du capital social.

Art. 61. Le mandat des trois gérants ci-dessus nommés expire le jour de la réunion de l'Assemblée générale qui suivra le 31 décembre 1860.

En cas de cessation de fonction d'un des premiers gérants, pour une cause quelconque, il est pourvu à son remplacement par les deux autres.

ART. 62. Les gérances suivantes sont au choix de l'Assemblée générale et nommées pour cinq ans.

Les membres sortants peuvent toujours être élus.

En cas de cessation de fonction, pour une cause quelconque, d'un des gérants nommés par l'Assemblée générale, les deux membres restants élisent un nouveau membre qu'ils présentent à l'acceptation de la plus prochaine Assemblée.

ART. 63. La Gérance fait tous les actes de gestion, dirige les opérations et le personnel qui y est affecté, exécute les présents Statuts et représente la Société tant activement que passivement dans toutes les circonstances et affaires à survenir.

Elle nomme et révoque son Agent exécutif au Texas, ainsi que les autres agents et employés de tout ordre, dans les différentes branches de service de la Société, fixe leurs émoluments, gratifications ou parts dans les *plus-values-dividendes*.

Elle fait tenir régulièrement tous les livres et comptes constituant la comptabilité de la Société.

ART. 64. La Gérance convoque les Assemblées générales d'actionnaires dans les formes prescrites au titre XVI.

Elle soumet à l'Assemblée annuelle les comptes de chaque exercice, l'inventaire social, son rapport sur les opérations de la Société, et, s'il y a lieu à détermination de *plus-values-dividendes*, elle en fait la proposition à l'Assemblée ; elle lui soumet les autres propositions à l'ordre du jour.

Les procès-verbaux des délibérations des Assemblées générales sont conservés dans les Archives de la Société, sous la garde de la Gérance.

ART. 65. Il est attribué collectivement à la Gérance un traitement fixe annuel de dix-huit cents dollars, imputables aux frais généraux de la Société.

Ce chiffre pourra être augmenté ultérieurement par l'Assemblée générale sur le rapport du Conseil de surveillance.

ART. 66. Les fonctions de gérant sont essentiellement personnelles. Dans aucun cas les héritiers ou ayant-droits d'un membre de la Gérance ne seront admis à contester le compte qui leur sera présenté par les membres survivants.

La cessation de fonctions d'un membre de la Gérance pour une cause quelconque entraine de droit la cessation de son traitement et de sa participation aux plus-values, lesquelles seront, pour cette participation, calculées comme s'étant produites uniformément dans le courant de l'exercice.

Toute responsabilité d'un membre de la Gérance sortant par démission, décès, non-réélection ou autrement, cessera après approbation, par l'Assemblée, des comptes du dernier exercice auquel il aura coopéré.

## TITRE XIV.

### Agence exécutive au Texas, ses fonctions.

ART. 67. La Gérance a, en Amérique, sur le terrain des opérations de la Société, une Agence exécutive.

Cette Agence est à la nomination et à la révocation de la Gérance, et responsable vis-à-vis de celle-ci.

La Gérance munit son Agence exécutive des pouvoirs nécessaires à l'exécution du mandat que l'Agence tient d'elle.

Toute responsabilité d'un Agent exécutif cesse après reconnaissance et acceptation de ses comptes par la Gérance.

ART. 68. M. V. Considerant accepte les fonctions d'Agent exécutif de la Société et s'engage à servir celle-ci en cette qualité pendant une période comprenant les cinq premiers exercices.

Il demeure néanmoins, même durant la période de cet engagement, révocable par la Gérance.

Il s'engage, pour toute la durée de son mandat, à investir la Société, et ce sans réserve aucune, de toutes les concessions de terres et avantages quelconques qu'il pourrait obtenir, même à titre personnel, des États de l'Amérique du nord, par suite de sa position comme Fondateur ou comme Agent exécutif.

Dès ce jour et par les présents Statuts, tous pouvoirs lui sont donnés de, — au nom et pour le compte de la Société, — recevoir en Amérique le versement des souscriptions, délivrer les titres d'actions, accomplir les formalités d'inscription, de transfert, etc., prévues art. 11; opérer les remboursements anticipés, prévus art. 48; acquérir, payer, vendre, louer ou affermer meubles et immeubles, en faire apport dans des Sociétés particulières, prêter, commanditer, recevoir paiement et donner quittance, agir en justice, transiger, traiter avec les États pour des concessions à quelque titre et condition que ce soit, et, en général, faire en Amérique tous les actes et stipulations qu'y ferait la Gérance elle-même.

M. Considerant jouira, pendant toute la durée de son mandat, d'un traitement personnel dont le chiffre annuel ne pourra être inférieur à douze cents dollars.

## TITRE XV.

### Conseil de surveillance; nomination, délibérations, attributions.

ART. 69. Il sera formé un Conseil de surveillance composé de cinq membres élus par l'Assemblée générale des actionnaires.

Chaque année un membre sortira du Conseil.

Pour les quatre premières années le sort désignera le nom du membre sortant. Après le premier roulement, la durée des fonctions de chaque membre sera de cinq ans.

Les membres sortants pourront être réélus.

Tout porteur d'Actions ou de *Titres de plus-value*, représentant *cent vingt-cinq dollars* peut être élu membre du Conseil de surveillance.

Chaque membre du Conseil dépose à la Caisse sociale la représentation de cette somme en titres de la Société, lesquels y demeurent pendant toute la durée de son mandat.

En cas de décès, démission, empêchement ou absence prolongée d'un des membres du Conseil, ses collègues pourront, s'ils le jugent utile, pourvoir à son remplacement. Le membre ainsi élu le sera valablement jusqu'à la première Assemblée générale.

Les fonctions du Conseil de surveillance sont gratuites; néanmoins, chaque membre reçoit un jeton de présence pour chacune des Séances auxquelles il assiste.

La valeur de ce jeton sera de deux dollars pour les simples membres, de trois dollars pour le Secrétaire et de quatre dollars pour le Président.

ART. 70. Le Conseil de surveillance se réunit en séance ordinaire au moins une fois tous les deux mois, et en séance extraordinaire toutes les fois qu'il est convoqué par son Président, et ce, soit au siége social, soit au siége d'une des agences de la Société.

Il élit au scrutin secret son Président et son Secrétaire. Cette élection a lieu chaque année à la première réunion du Conseil qui suit la tenue de l'Assemblée générale annuelle.

Le Président et le Secrétaire sortants peuvent toujours être réélus.

Les délibérations sont prises à la majorité des voix présentes ; en cas de partage la voix du Président est prépondérante.

Les délibérations ne sont valables qu'autant que trois membres, au moins, y participent.

Le Secrétaire dresse procès-verbal de chaque séance du Conseil ; les procès-verbaux sont transcrits sur un registre spécial et signés par le Président et le Secrétaire.

ART. 71. Le Conseil de surveillance ne doit en aucune circonstance s'immiscer dans la gestion des affaires de la Société. Ses attributions consistent principalement à surveiller les actes de la Gérance au point de vue de la stricte exécution des Statuts, et à vérifier, toutes les fois qu'il le jugera convenable, la caisse et les écritures, pour s'assurer qu'elles sont régulièrement tenues.

La caisse, le portefeuille et les registres à souche des actions, et autres, seront vérifiés par lui au moins quatre fois l'an et à des époques indéterminées.

Il sera dressé procès-verbal de ces diverses vérifications.

Le Conseil de surveillance prendra connaissance, dix jours au moins avant la réunion de l'Assemblée générale annuelle, des inventaires, états de situation et de tous les documents que la Gérance devra présenter à la dite Assemblée.

Le Président fera un rapport à l'Assemblée générale sur l'ensemble de l'exercice écoulé, et, s'il y a lieu, sur les faits particuliers qui auraient attiré l'attention du Conseil.

ART. 72. Le Conseil de surveillance pourra demander à la Gérance la convocation d'une Assemblée générale des actionnaires si elle lui paraissait urgente.

En cas de refus de la part de la Gérance, le président du Conseil de surveillance pourrait faire cette convocation d'office en consignant sur le registre des délibérations du Conseil le refus de la Gérance.

Toutes les fois que le Conseil de surveillance convoquerait d'office une Assemblée générale des actionnaires, il devra, si la Gérance en fait la demande, se soumettre à une réélection générale par la dite Assemblée ; cette réélection aura lieu après la lecture de son rapport et de celui de la Gérance, et avant toute autre délibération.

Le Conseil de surveillance peut, toutes les fois qu'il le juge convenable, nommer un délégué chargé de vérifier l'état des opérations, soit sur le terrain de la Colonisation, soit au siége des agences, et de lui faire un rapport de sa mission.

Ce délégué peut être pris dans le sein du Conseil ou en dehors.

## TITRE XVI.
### Assemblée générale des actionnaires ; convocation, formation, attributions, délibérations.

ART. 73. Les Assemblées générales ordinaires ou extraordinaires représentent l'universalité des porteurs d'*Actions*, de *Récépissés* et de *Titres de plus-value*.

Toutefois les *Actions à prime* ne pourront intervenir dans le vote du chiffre de la *plus-value-dividende*.

Les Assemblées générales ordinaires seront convoquées par la Gérance dans les huit mois qui suivront la clôture de chaque exercice financier.

Les Assemblées extraordinaires auront lieu toutes les fois que la Gérance le jugera nécessaire et dans le cas prévu art. 72.

Les Assemblées seront convoquées, soit au siége de la Société, soit dans toute autre localité qui paraîtrait être plus à portée du plus grand nombre des porteurs d'Actions.

Toutes les convocations d'Assemblées générales devront être faites au moins deux mois à l'avance, dans un Bulletin de la Société et dans trois journaux choisis parmi les plus répandus, l'un en Belgique, l'autre en France et le troisième aux États-Unis.

ART. 74. Pour faire partie d'une Assemblée générale, il faut être porteur d'*Actions*, *Titres de plus-value*, ou *Récépissés* représentant au moins *cent vingt-cinq dollars*.

Ce chiffre *minimum* donne droit à une voix, et chaque membre de l'Assemblée a autant de voix que les titres dont il est porteur représentent de fois cent ving-cinq dollars.

ART. 75. Tout porteur d'Actions ne pouvant se rendre à l'Assemblée et désirant s'y faire représenter, pourra déposer ses titres contre *certificat de dépôt,* soit en Europe, soit en Amérique, entre les mains d'un notaire ou de tels des agents ou correspondants de la Société que la Gérance désignera à cette fin.

Les titres ainsi déposés ne pourront être retirés que le 16ᵉ jour qui suivra celui qui aura été indiqué pour la réunion de l'Assemblée à laquelle le porteur aura voulu se faire représenter. Ce dernier enverra son certificat de dépôt au mandataire qu'il aura choisi. La présentation de ce certificat équivaudra à la présentation des titres.

Tout porteur d'Actions, Titres de plus-value, Récépissés, ou certificats de dépôt, désirant assister à l'Assemblée générale, devra, quatre jours au moins avant le jour fixé pour l'Assemblée, déposer ses titres entre les mains du Caissier de la Société qui lui délivrera, en lieu et place, un reçu mentionnant la nature et le nombre des titres déposés.

ART. 76. La convocation de la première Assemblée générale sera nominative, et, par exception au 6ᵐᵉ paragraphe de l'art. 73, publiée seulement dans deux journaux, l'un de Bruxelles, l'autre de Paris, et ce quinze jours au moins avant celui fixé pour la réunion. La Gérance adressera en outre à chaque souscripteur d'Actions, une lettre de convocation mentionnant le nombre et la nature des Actions souscrites par lui. Ces lettres constateront le nombre de voix auquel le souscripteur a droit en vertu de sa souscription.

Tout souscripteur qui voudra se faire représenter à cette première Assemblée, le pourra moyennant une simple procuration sous-seing privé que le mandataire devra remettre entre les mains de la Gérance au moins 24 heures avant la réunion de l'Assemblée.

ART. 77. La Gérance fixe l'ordre du jour des Assemblées générales ordinaires et extraordinaires.

Le Conseil de surveillance fait entrer dans l'ordre du jour les questions qu'il juge convenable.

Toutefois il est formellement interdit à la Gérance et au Conseil de surveillance d'introduire dans l'ordre du jour toute question dont la discussion étant, aux termes des lois et des présents Statuts, hors de la compétence de l'Assemblée, pourrait engager la responsabilité des membres présents.

Les actionnaires qui désireraient introduire une question dans l'ordre du jour, doivent s'en entendre, avant l'ouverture de la séance, soit avec la Gérance, soit avec le Conseil de surveillance.

La Gérance assiste et prend part aux discussions des Assemblées générales.

L'Assemblée générale nomme son bureau composé d'un Président, d'un Secrétaire et de quatre Scrutateurs.

Les délibérations ne sont valables qu'autant que le chiffre des Actions représentées forme la moitié, au moins, du montant total des Actions émises et des Titres de plus-value.

Au cas où ce chiffre ne serait pas atteint, une seconde Assemblée aura lieu à quinzaine, et cette seconde Assemblée délibérera, quel que soit le chiffre représenté. La convocation de cette seconde Assemblée sera publiée dans un ou plusieurs journaux de la localité où la première aura été tenue.

ART, 78. La première Assemblée générale, désignée art. 76, sera valable, quel que soit le nombre des souscripteurs présents ou représentés. Elle nommera à la majorité des voix le Conseil de surveillance.

Les Assemblées annuelles ultérieures pourvoiront au remplacement ou à la réélection des membres du Conseil de surveillance, et, quand il y aura lieu, à celle de la Gérance.

Elles entendent, discutent et arrêtent les comptes de la Gérance.

L'approbation des dits comptes entraine la ratification définitive de toutes les opérations antérieures, et décharge la Gérance de toute responsabilité à cet égard envers la Société.

Les Assemblées générales entendent aussi le rapport du Conseil de surveillance et délibèrent sur tous les objets compris dans l'ordre du jour arrêté par la Gérance et publié par ses soins.

Le procès-verbal des séances des Assemblées générales, signé par le Président et le Secrétaire, sera publié également par les soins de la Gérance dans un Bulletin de la Société.

## TITRE XVII.

### Modifications aux présents Statuts.

ART. 79. Aucune modification aux présents Statuts ne pourra être proposée à l'Assemblée générale que par la Gérance ou le Président du Conseil de surveillance.

Les modifications proposées ne seront adoptées que si elles ont eu l'approbation des deux tiers des voix présentes.

Nulle modification touchant aucune des clauses essentielles du présent contrat, et capable, notamment, d'affecter celles qui règlent des parts, établissent ou mesurent des rapports entre des intérêts différents, reconnaissent ou concèdent des droits à des parties, etc., ne peut être mise en discussion dans l'Assemblée si le libellé de la proposition de cette modification n'a été inséré au Bulletin de la Société, dans la convocation même imposée à ce Bulletin par le dernier paragraphe de l'art. 73 ; ou si l'une quelconque des dites parties signifie à la Gérance ou à l'Assemblée son opposition à cette mise en discussion. Et dans le cas où une modification de cette nature serait valablement discutée, et votée régulièrement par l'Assemblée, elle n'en demeurerait pas moins nulle tant qu'elle n'aurait pas le consentement formel de toutes les parties dont les droits seraient atteints par cette modification.

## TITRE XVIII.
### Dissolution, liquidation, prolongation.

ART. 80. La Société sera dissoute de plein droit, le 31 décembre 1875, à moins que l'Assemblée générale des actionnaires n'en ait décidé la prolongation.

ART. 81. L'Assemblée générale pourra, après avoir entendu la Gérance et le Conseil de surveillance, prononcer une dissolution anticipée de la Société, mais seulement à la majorité des deux tiers des voix présentes.

ART. 82. Dans tous les cas de dissolution de la Société, la liquidation finale sera faite par les soins de la Gérance, à laquelle il pourra être adjoint une Commission de trois membres qui sera élue par l'Assemblée.

ART. 83. Dans l'Assemblée générale annuelle qui précédera le terme de la Société ci-dessus fixé, la Gérance pourra proposer la prolongation de la Société.

La dite prolongation sera valable si elle est adoptée par les deux tiers des voix présentes à l'Assemblée.

Toutefois, au cas où toutes les Actions à prime ou à dividendes n'auraient pas été amorties ou remboursées, les porteurs des dits titres auront le droit d'exiger que l'amortissement ou le remboursement en soit opéré dans un délai qui ne pourra dépasser les six mois qui suivront cette délibération.

## TITRE XIX.
### Contestations.

ART. 84. Toutes les difficultés ou contestations qui surviendraient entre les parties pendant le cours de la présente Société, ou relativement à sa liquidation, seront jugées par un tribunal arbitral composé de trois arbitres nommés par le président du tribunal de commerce, à la requête de la partie la plus diligente, si les parties n'ont pu s'entendre pour une nomination amiable.

Les décisions de ce tribunal seront souveraines, en dernier ressort, sans appel, requête civile ou cassation. Les arbitres jugeront en outre comme amiables compositeurs.

## TITRE XX.
### Dispositions transitoires.

ART. 85. Une somme de trois mille deux cents dollars sera prélevée tant à titre d'indemnité que pour couvrir les frais faits depuis le 27 novembre 1852 jusqu'à ce jour, soit par M. Considerant, soit par les autres signataires des présents Statuts.

ART. 86. Les Souscriptions sont reçues dès à présent au siége de la Société, rue de la Régence, n° 16, à Bruxelles, et à l'Agence centrale, rue de Beaune, n° 2, à Paris.

ART. 87. Pendant la durée des trois premiers exercices, expirant le 31 décembre 1857, les souscripteurs ont, au moment où ils paient leurs Actions, la faculté de se faire délivrer d'avance, en *Actions à prime*, ou en *Actions à dividendes* de la série en cours d'émission, la totalité des intérêts stipulés jusqu'au 31 décembre 1857 en faveur des Actions qu'ils paient.

Les fractions au-dessous de 5 dollars seront, pour chaque série, réunies en une somme totale qui sera divisée en *Actions à dividendes* de cinq dollars, dont la répartition se fera, par la voie du sort, entre les propriétaires de ces fractions, et proportionnellement au droit de chacun d'eux dans le tirage.

Les coupons d'intérêts correspondant aux trois premiers exercices sont détachés de toutes les Actions dont il est parlé aux deux paragraphes précédents.

Les Actions à émettre pour paiement anticipé d'intérêt en vertu du présent article, seront comptées, comme Capital social, en augmentation du chiffre primitif de Un million de dollars énoncé à l'art. 8.

Fait en quadruple expédition, à Bruxelles, le 26 septembre 1854.

(Ont signé :) V. Considerant, A. Bureau, Ferd. Guillon, Godin.

Et le même jour, les trois Gérants sus-nommés,

Vu la convention intervenue ce jourd'hui entre M. Victor Considerant, d'une part, et MM. E. J. B. Bourdon, Allyre Bureau, F. J. Cantagrel, J. B. A. Godin-Lemaire, Ch. F. F. Guillon, Just Muiron et G. Tandon, d'autre part ; à l'effet d'instituer un *Comité* dit *administratif et distributif* ; — convention dont ils reconnaissent avoir reçu notification ;

Attendu que, par cette convention, M. Considerant fait apport au dit Comité des *cinq-sixièmes* de la part qui lui est attribuée, comme Fondateur, par les art. 38, 44, 45 et 46 des Statuts qui précèdent, dans les répartitions des plus-values-dividendes ;

Décident que deux comptes seront ouverts sur les livres de la Société pour recevoir l'inscription de la dite part de fondation, — l'un au nom de M. Victor Considerant, pour *le sixième*, — l'autre au nom du Comité sus-désigné, pour les *cinq* autres *sixièmes* de cette part.

Fait à Bruxelles, en quadruple expédition, le 26 septembre 1854.

(Ont signé :) A. Bureau, Ferd. Guillon, Godin, V. Considerant.

Et le même jour, en présence des promesses faites par divers, tant en Europe qu'en Amérique, notamment par M. Albert Brisbane, qui a autorisé M. V. Considerant à l'inscrire pour *vingt mille dollars* à titre de *première souscription*, et par M. Godin-Lemaire qui souscrit pour la même somme et au même titre ; les dites promesses couvrant et au-delà la somme de *cent mille dollars*, exigée par l'art. 31 des statuts ci-dessus, pour la constitution de la Société, M. Considerant a dit se porter fort pour cette dernière somme.

En conséquence la Société est déclarée constituée.

Fait à Bruxelles, en quadruple expédition, ce 26 septembre 1854.

(Ont signé :) V. Considerant, A. Bureau, Ferd. Guillon, Godin.

## ENTRE LES SOUSSIGNÉS,

1º M. Victor Prosper CONSIDERANT, demeurant à Saint-Josse-ten-Noode, lez-Bruxelles, rue de la Machine Hydraulique, nº. 32, d'une part ;

Et 2º MM. Émile Jean-Baptiste BOURDON, demeurant rue de Beaune, nº 2, à Paris, Gérant de la Société du 10 juin 1843 mentionnée ci-après ;

Allyre BUREAU, demeurant rue du Bac, nº 36, à Paris, un des Gérants de la *Société nouvelle* dont il va être parlé ;

François Jean CANTAGREL, demeurant rue Saxe-Cobourg, nº 31, à Saint-Josse-ten-Noode, ancien Gérant de la Société du 15 juin 1840 ;

Jean-Baptiste André GODIN-LEMAIRE, demeurant à Guise (Aisne), un des Gérants de la *Société nouvelle ;*

Charles François Ferdinand GUILLON, demeurant rue Bourbon-Villeneuve, nº 23, à Paris, un des Gérants de la même Société ;

Jean Claude Just MUIRON, demeurant à Besançon, Gérant désigné de la Société du 15 juin 1840 ;

Et Gustave TANDON, demeurant rue Bellefonds, nº 20, à Paris, Gérant de la Société du 10 juin 1843 mentionnée ci-après ; d'autre part.

Il a été dit et convenu ce qui suit :

Vu les Statuts de la *Société de Colonisation européo-américaine au Texas*, fondée cejourd'hui à Bruxelles, sous la raison sociale *Bureau, Guillon, Godin et Comp.*, par acte déposé chez Mᵉ Heetveld, notaire en cette ville; laquelle Société sera désignée simplement ci-dessous sous le nom de *Société nouvelle ;*

Vu les art. 38, 44, 45 et 46 des dits Statuts, qui déterminent la part de plus-value attribuée à M. Considerant, à titre de Fondateur de la dite Société ;

Vu les Statuts de la Société *Considerant, Paget et Comp.*, fondée à Paris par acte passé le 15 juin 1840, devant Mᵉ J. C. Perret et son collègue, notaires en cette ville ;

Vu les Statuts de la Société *Considerant et Comp.*, fondée à Paris par acte passé le 10 juin 1843, devant Mᵉ Bonnaire et son collègue, notaires en cette ville ;

Vu les préambules attachés aux Statuts de ces Sociétés de 1840 et de 1843, dans des publications imprimées par les fondateurs, notamment en ce qui concerne les faits et travaux antérieurs à l'existence des dites Sociétés et les apports sous la forme desquels ces faits antérieurs ont été représentés dans celles-ci ;

Considérant que des travaux analogues ont été effectués dans l'Amérique du Nord ;

Les Soussignés reconnaissent, ensemble et chacun, que les faits représentés dans les susdits apports et les opérations des Sociétés de 1840 et de 1843 ont, pour la plus grande partie, créé les dispositions et préparé les éléments dont le concours, déjà manifesté, a facilité la fondation de la *Société nouvelle*, et promet à celle-ci une prompte constitution ;

Que le développement de ce concours serait de nature à amener à la *Société nouvelle* des ressources croissantes et des forces considérables ;

Et que les travaux effectués dans l'Amérique du Nord ont préparé dans ce dernier pays des éléments qui pourraient également profiter à la *Société nouvelle ;*

M. Victor Considerant déclare :

1o Qu'il tient à devoir de conscience et d'honneur, sur la part qui lui est réservée, comme Fondateur, par les Statuts de la *Société nouvelle*, articles ci-dessus visés, de ménager d'ores et déjà tels dédommagements que de convenance et de possibilité, aux personnes qui, soit par des sacrifices d'argent, comme actionnaires, renteurs, prêteurs ou donateurs, etc., soit par des apports ou des travaux de toute nature, ont contribué à la fondation, à l'existence et au service des Sociétés de 1840 et de 1843; et aussi aux personnes dont les sacrifices et les travaux analogues, en Amérique, y ont créé les éléments susmentionnés, pour autant que ces éléments profiteront à la *Société nouvelle ;*

2o Qu'il considère l'accomplissement de ce devoir envers les services passés comme éminemment utile à la *Société nouvelle*, en ce qu'il est de nature à accroître, en faveur de celle-ci, les concours de toutes sortes de la part des personnes en vue desquelles cet accomplissement serait préparé, et à inspirer à tous le sentiment de la solidarité et la force qu'il communique.

Les Soussignés de seconde part s'associent pleinement aux vues exprimées dans les deux paragraphes précédents par le Soussigné de première part, et en reconnaissent justes et légitimes l'esprit et les objets.

En outre, les Soussignés, tous ensemble, se proposent de poursuivre en commun, dès que les circonstances le permettront, le double but défini art. 1er des Statuts de la Société de 1840, et ce, soit en traitant avec la Société de 1840 ou de 1843, notamment pour en faciliter la liquidation et en reprendre les affaires, soit en créant à nouveau telle ou telle société ayant le but qui vient d'être rappelé, ou par tous autres moyens jugés opportuns, les divers moyens pouvant être employés séparément ou cumulativement.

En conséquence :

ART. 1er. Les soussignés déclarent se constituer, pour une durée de 30 ans à partir de ce jour, en *Comité* dit *administratif et distributif*, dont le but est l'accomplissement des vues, objets et intentions exprimés par tout ce qui a été dit ci-dessus.

ART. 2. M. V. Considerant fait apport au dit Comité, au profit et dans l'intérêt de l'œuvre commune, telle qu'elle est définie à l'article précédent, des *cinq sixièmes* de la part qui lui est attribuée, comme Fondateur, dans les plus-values de la *Société nouvelle*.

ART. 3. Le Comité est investi du droit de toucher directement de la *Société nouvelle*, en titres ou en espèces, et sans qu'il soit besoin pour cela de la signature personnelle de M. Considerant, les parts de plus-value par celui-ci cédées art. précédent.

ART. 4. Le Comité élira un président, un trésorier et un secrétaire.

ART. 5. Le Comité exercera le droit stipulé à l'art. 3, au moyen de quittances données à la Gérance de la *Société nouvelle*, lesquelles seront signées de son président et de son trésorier en exercice, ou de toute autre personne commise à cet effet par les dits président et trésorier, et munie d'un pouvoir régulier de ceux-ci.

ART. 6. Toute notification faite par le présent Comité à la Gérance de la *Société nouvelle*, ayant pour objet de faire connaître à celle-ci les noms du président et du trésorier en exercice ou les changements survenus dans le sein du Comité, notamment dans son personnel, sera valable pour la dite Gérance et la couvrira de plein droit, étant la dite notification régulière et collectivement signée de trois membres du Comité.

ART. 7. Les soussignés s'engagent entre eux à concourir, de leurs soins, à la bonne administration des fonds et valeurs qui pourront revenir au Comité, et à exécuter ou diriger les recherches, études et travaux nécessaires pour atteindre le but constitutif du Comité.

ART. 8. Un prélèvement de 5 °/₀ sur toutes les valeurs entrées dans la caisse ou dans le portefeuille du Comité, après déduction des frais d'administration, sera affecté à la constitution d'un fonds destiné à la rétribution des soins et travaux que les membres du Comité consacreront à la direction des affaires de celui-ci, en vertu de leur engagement.

ART. 9. Le Comité établit son réglement intérieur et le mode de ses votes et délibérations. Il administre, emploie ou distribue en pleine liberté et indépendance, sans aucun contrôle ou empêchement du fait de tiers se disant ayant-droit de M. Considerant, ou de toutes autres personnes extérieures au Comité, les valeurs et titres quelconques résultant de l'apport mentionné art. 2.

ART. 10. Le Comité pourra en tout temps s'adjoindre de nouveaux membres, et ceux-ci y auront les mêmes droits et obligations que les anciens.

Les fonctions et attributions des membres du Comité sont essentiellement personnelles.

Dans aucun cas, les héritiers ou ayant-droits d'un des membres ne seront admis à réclamer aucun compte du Comité ou à contester celui qui leur serait présenté par le trésorier. Ils ne peuvent non plus, pour aucun motif, faire apposer aucuns scellés, former aucune opposition, exiger aucun inventaire ni provoquer aucune licitation.

ART. 11. Toutes ces clauses devront avoir leur effet, nonobstant incapacité, arrestation, interdiction, démission, absence ou décès de tel ou tel membre du Comité, apposition de scellés ou séquestre de papiers, ainsi que malgré tout événement de force majeure dont on pourrait chercher à exciper.

ART. 12. Chacun des soussignés s'engage envers les autres à la scrupuleuse observation des précédentes conventions.

ART. 13. Pour l'exécution des présentes, les soussignés élisent domicile rue de la Régence, 16, à Bruxelles; étant entendu que ce domicile pourra être transféré dans telle autre localité que le Comité décidera.

Fait en double expédition, à Bruxelles, le 26 septembre 1854.

(Ont signé :) V. CONSIDERANT, E. BOURDON, A. BUREAU, CANTAGREL, GODIN, FERD. GUILLON, J. MUIRON, G. TANDON.

Ces actes enregistrés, ont été déposés en l'étude de Mᵉ Heetveld, notaire à Bruxelles, suivant acte du 4 octobre 1854. Un extrait de l'acte de Société a été, en outre, déposé au greffe du tribunal de commerce de Bruxelles et publié, conformément aux articles 42 et 43 du Code de commerce belge.

NOTA. — Par décision en date du 26 décembre 1854, la Gérance, usant de la faculté réservée art. 19, a prolongé jusqu'au 31 mars 1855, la souscription à la *première série*. Bien que cette mesure ait surtout en vue nos amis d'Amérique, lesquels devaient à peine, à cette date, avoir connaissance de la traduction des Statuts en anglais, elle n'en est pas moins applicable aux souscriptions Européennes.

La deuxième édition de AU TEXAS, par M. VICTOR CONSIDERANT, contenant : 1° Rapport à mes Amis ; 2° Bases et Statuts de la Société de Colonisation Européo-Américaine au Texas ; 3° Un chapitre final comprenant, sous le titre de *Convention provisoire*, les bases d'un premier établissement sociétaire, est en vente au siége de la Société de Colonisation Européo-Américaine au Texas, 16, rue de la Régence, à Bruxelles, et à la Librairie Phalanstérienne, 6, rue de Beaune, à Paris. — Prix : 2 fr. et par la poste : en France et en Suisse, 2 fr. 50 c ; en Belgique, 2 fr. 10 c.

Les Statuts de la Société seront adressés aux personnes qui en feront la demande par lettre affranchie, à l'une des adresses ci-dessus.

IMPRIMERIE DE J. H. BRIARD,
Rue aux Laines, 4, à Bruxelles.

www.ingramcontent.com/pod-product-compliance
Lightning Source LLC
Chambersburg PA
CBHW072257210626
46818CB00017B/1415